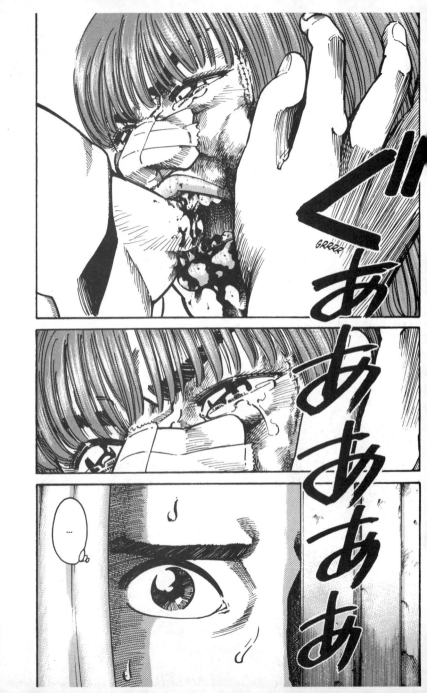

ICHI THE KILLER 1

Hidéo Yamamoto

VOL.2

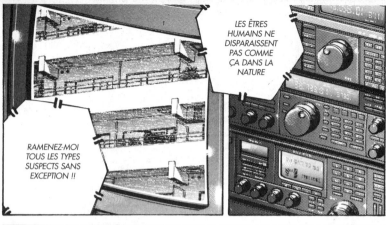

LES ÊTRES HUMAINS NE DISPARAISSENT PAS COMME ÇA DANS LA NATURE

RAMENEZ-MOI TOUS LES TYPES SUSPECTS SANS EXCEPTION !!

ET PAS DE PITIÉ, MÊME POUR LES FEMMES ! SI C'EST CLAIR, BOUGEZ-VOUS LE CUL TOUT DE SUITE !!

IL EST DÉJÀ SIX PIEDS SOUS TERRE

SONT VRAIMENT DÉBILES

ILS PENSENT QUE LEUR PATRON EST TOUJOURS EN VIE

HÉ HÉ HÉ HÉ !

JE ME DEMANDE BIEN CE QU'IL A EN TÊTE...

ET LE PAPY QUI VA TOUT SEUL SE JETER DANS LA GUEULE DU LOUP

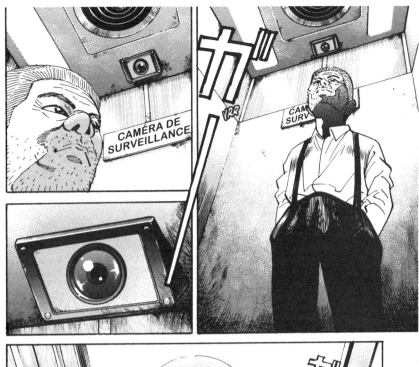

CAMÉRA DE
SURVEILLANCE

13

4

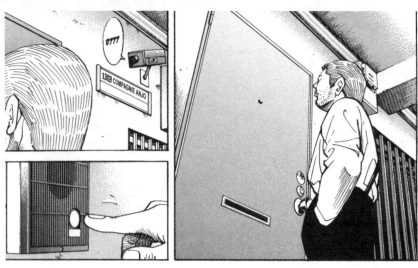

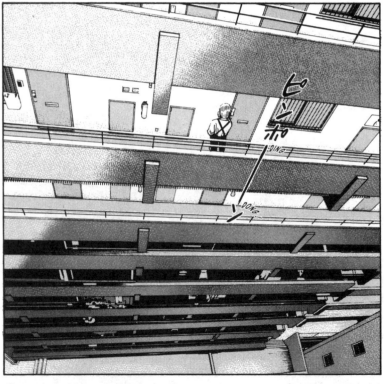

TIENS DONC...

EH BIEN, IL SE TROUVE QUE J'AI UN TUYAU À VOUS VENDRE

...

COMBIEN TU EN VEUX ?

AVANT D'EN VENIR LÀ...

C'EST QUE...

QUEL GENRE DE TUYAU ?

'Environ 2 500 euros.

TU CHERCHES À PROFITER DE LA SITUATION, OU QUOI ?!

TU VEUX DIRE TROIS CENTS MILLE' ?!

DISONS TROIS CENT...

MA FOI...

TRENTE MILLE¹ ?

¹Environ 250 euros.

?!

DANS CES CONDITIONS...

ALLONS... MONSIEUR...

JE PARIE QUE TU N'AS PAS PAYÉ CE TUYAU PLUS DE DIX MILLE²

²Environ 85 euros.

ON NE VOUS LA FAIT PAS, HEIN ?

...

JE RALLONGERAI AUTANT QUE TU VEUX EN FONCTION DU CONTENU

EH BIEN VOILÀ... C'EST UNE INFORMATION QUE J'AI EUE HIER...

TOUT RÉCEMMENT, UN TYPE A ENTENDU DIRE QU'UN GANG DE CASSEURS CHINOIS ALLAIT S'EN PRENDRE À VOTRE COFFRE

C'EST QUE LEUR MENEUR EST UN JAPONAIS

LÀ OÙ ÇA SENT MAUVAIS

DES CHINOIS ?!

C'EST CELA. IL S'AGIRAIT D'UNE ÉQUIPE DE QUATRE GARS VENUS DE LA CHINE CONTINENTALE...

!

...

ET C'EST QUI, CE MENEUR JAPONAIS ?

SUZUKI, UN DES LIEUTENANTS DE LA FAMILLE FUNAKI

LA FAMILLE FUNAKI ?!

!!

?!

UN VOYOU CHINOIS DE KABUKICHO A EU L'INFO DIRECTEMENT PAR UN DES GAZIERS EN QUESTION

DIS VOIR LE VIOQUE, TU ES VRAIMENT SÛR DE TES SOURCES ?

OUI

ON EST OBLIGÉS DE FAIRE AVEC EUX

POUR SURVIVRE À KABUKICHO, LES PARIAS COMME MOI N'ONT PAS LE CHOIX

ET POURQUOI TU FRICOTES AVEC DES CHINOIS, TOI ?

...

DANS CETTE MÊME RÉSIDENCE !

ET QU'EN PLUS, ILS ONT LEUR BUREAU AU ONZIÈME

!

JE TE SIGNALE QUE LA FAMILLE FUNAKI PORTE LE MÊME BLASON QUE NOUS AUTRES DU CLAN ANJO !

CECI N'EST QU'UNE HYPOTHÈSE...

?!

JUSTEMENT, ILS SONT TRÈS BIEN PLACÉS

MAIS ILS ONT D'AUTANT MIEUX PU SURVEILLER VOTRE CLAN EN ÉTANT DANS L'IMMEUBLE

ET AUSSI PRÉVOIR LES MOUVEMENTS DE VOTRE PATRON

EN AJOUTANT À ÇA L'HISTOIRE DU COFFRE...

...

...

...

MONTER L'AFFAIRE ÉTAIT UN JEU D'ENFANT POUR EUX

JE SUIS VENU VOUS RAPPORTER CE QUE J'AVAIS ENTENDU DES CHINOIS

LÀ, J'AVOUE QUE JE N'EN SAIS TROP RIEN...

ET LE MOBILE ?

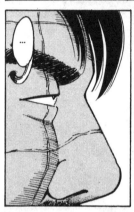

...

CECI DIT, LA RUMEUR RACONTE QUE SUZUKI SE PLAINDRAIT ICI ET LÀ D'AVOIR VU SON BUSINESS MIS À MAL PAR LE CLAN ANJO...

?!

C'EST PEUT-ÊTRE JUSTEMENT POUR CETTE RAISON QU'IL A FAIT APPEL À CE GANG CHINOIS ?

J'AI DU MAL À IMAGINER QU'UN YAKUZA "INTELLO-GESTIONNAIRE" COMME SUZUKI AURAIT LE CRAN DE S'EN PRENDRE À NOUS AUTRES

D'AILLEURS, IL SE MURMURE DÉJÀ QUE LA FAMILLE FUNAKI ÉTEND SON BUSINESS GRÂCE À SES ACCOINTANCES AVEC DES PETITES FRAPPES DU CONTINENT

COMME ILS NE PEUVENT PAS VOUS AFFRONTER DE FACE

ON PEUT PENSER QU'ILS AURONT FAIT COMMETTRE LE "CRIME PARFAIT" PAR LES CHINOIS EN QUESTION...

...

TU VEUX DIRE QU'ILS VIVENT DANS CET IMMEUBLE ?!

À VRAI DIRE, LA FAMILLE FUNAKI A INSTALLÉ CE GANG ICI POUR MIEUX LES AVOIR SOUS LA MAIN

VOYEZ-VOUS ÇA !

C'EST CELA

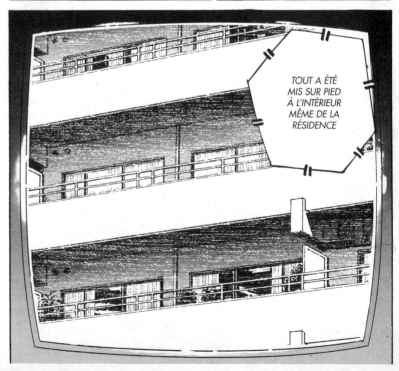

TOUT A ÉTÉ MIS SUR PIED À L'INTÉRIEUR MÊME DE LA RÉSIDENCE

EN TOUT CAS, LE PAPY EST BALAISE D'AVOIR RÉUSSI À PLANQUER DES MICROS DANS LEUR BUREAU

AU SIXIÈME

CES QUATRE TYPES, ILS SONT À QUEL ÉTAGE ?!

HEIN ?!

?!

Y'A PAS QUE DANS LEUR BUREAU

ET TOUT PEUT ÊTRE CAPTÉ ICI

TOUS LES ENDROITS DE L'IMMEUBLE EN RAPPORT AVEC LE CLAN ANJO SONT TRUFFÉS DE MICROS

L'APPART DU PATRON. LES PIAULES DES CONCUBINES, LES SALONS DE PASSE ET LES CLUBS SADO-MASO

PLIC

...

ARGH...

AR... RHAA...

C'EST MOI QUI LES AI POSÉS

COMMENT IL S'Y EST PRIS POUR INSTALLER TOUT ÇA ?

QUAND MÊME...

C'EST VRAI, ÇA

TOI, INOUÉ ?!

HEIN ?!

IL EST COMPLÈTEMENT PARTI...

...

HÉ HÉ

COMMENT TU AS FAIT ?

MAIS...

DE LA CHIRURGIE ESTHÉ- TIQUE...

TU AS FAIT...

TU ÉTAIS VRAIMENT DU CLAN ANJO ?

SÉ... SÉRIEUX ?!

!!!

HÉ HÉ...

IL DOIT DEVENIR QUELQU'UN D'AUTRE

SI UN TYPE EXCLU D'UN CLAN VEUT SURVIVRE À JUKU...

IL PRÉVOIT TOUJOURS TOUT À L'AVANCE

NON...

DONC C'EST COMME ÇA QUE LE PAPY A REPÉRÉ CET IMMEUBLE...

...

SANS DOUTE QU'IL AVAIT PRÉVU QUE JE ME FERAIS EXCLURE DU CLAN...

C'EST LUI QUI M'A PROPOSÉ DE PLACER DES MICROS, IL Y A TROIS ANS DE ÇA...

...

À QUOI IL PEUT BIEN JOUER, CE PAPY ?

...

26

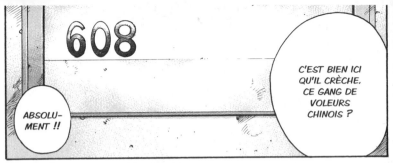

608

C'EST BIEN ICI QU'IL CRÈCHE, CE GANG DE VOLEURS CHINOIS ?

ABSOLU-MENT !!

OUVREZ

DÉSOLÉ MONSIEUR KAKIHARA, MAIS ÇA VA À L'ENCONTRE DES RÈGLES DE LA RÉSIDENCE

...

DÉPÊCHEZ-VOUS D'OUVRIR

SI JE FAIS ÇA...

JE N'AURAI PLUS AUCUNE CRÉDIBILITÉ AUPRÈS DES AUTRES CLANS

MAIS C'EST TOUT RÉCENT

ILS ONT DÉJÀ MIS LES VOILES...

...

IL RESTE ENCORE DES ODEURS DE VIE COURANTE ICI

CHEF...

ÇA VOUDRAIT DIRE QUE CES CHINOIS ONT BIEN FAIT LE COUP ?

S'ILS ONT FUI...

IL NE VA PAS NOUS DIRE "OUI, C'EST MOI LE COUPABLE" COMME ÇA...

MAIS... ON AURA BEAU L'INTER-ROGER...

PAS LE CHOIX, IL FAUT INTERROGER SUZUKI DE LA FAMILLE FUNAKI...

...

ÇA RESTE
À VOIR...

...

J'ÉCOU-
TE

BIP

TUUUU

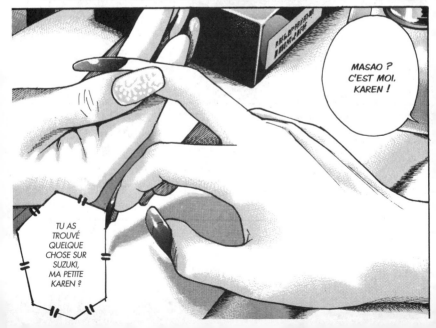

MASAO ?
C'EST MOI,
KAREN !

TU AS
TROUVÉ
QUELQUE
CHOSE SUR
SUZUKI,
MA PETITE
KAREN ?

D'APRÈS CE QUE J'AI ENTENDU, IL SE PLAIGNAIT BEAUCOUP QUE YOSHI LUI AIT PRIS UNE EXCLUSIVITÉ SUR DES VIDÉOS

OUI, J'AI APPELÉ UN PAQUET D'ENTRAÎNEUSES QUI TRAVAILLENT SUR SHINJUKU...

C'EST LE TRAFIC DE VIDÉOS PIRATES QUE SUZUKI TENAIT...

JE VOIS

MAINTENANT, IL BAVE UN PEU PARTOUT SUR VOUS

C'EST À DIRE ?

ON PARLE JUSTE DE VIDÉOS EFFECTIVEMENT, MAIS L'AFFAIRE EST MONOPOLISÉE PAR UN SEUL CLAN À SHINJUKU

DU COUP, ÇA REPRÉSENTAIT UN BUSINESS PLUTÔT IMPORTANT ET SUZUKI SEMBLE L'AVOIR CARRÉMENT MAUVAISE DE SE L'ÊTRE FAIT PRENDRE

CHEF !!

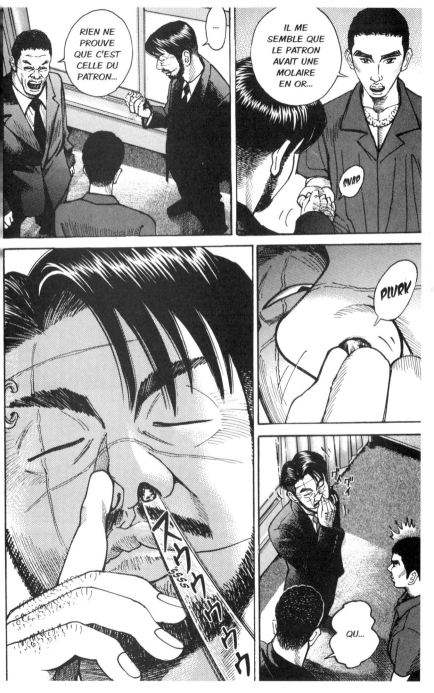

PATRON...

!!!

ON VA ENLEVER CE SUZUKI

!!

EN PLUS, ÇA REVIENDRAIT À DÉCLENCHER UNE GUERRE AU CŒUR DE L'IMMEUBLE...

LE PRÉSIDENT DE LA FAMILLE MÈRE L'A BIEN DIT : "IL FAUT ÉVITER LES DISPUTES À SHINJUKU..."

ON DOIT AGIR PLUS EN FINESSE...

ÇA VA TOURNER EN LUTTE INTERNE

M... MAIS CHEF... FAIRE ÇA, C'EST PROVOQUER DIRECTEMENT LA FAMILLE FUNAKI

OUI...

OU...

NE T'AVISE PLUS JAMAIS DE PRONONCER CE MOT DEVANT MOI, C'EST CLAIR ?!

EUH... JE...

...

POURQUOI TU FLIPPES COMME ÇA ?

TAKA-YAMA...

C'EST PAS QUE JE BALISE...

RIEN

...

TU T'ES RAMOLLI DEPUIS QUE TU ES ARRIVÉ À JUKU OU QUOI ?

J'AI TOUJOURS PEUR DE RIEN...

J'AI PAS CHANGÉ

C'ÉTAIT UN VRAI DUR, UN YAKUZA QUI PASSAIT EN FORCE

LE TAKAYAMA D'AUTREFOIS N'AVAIT PEUR DE RIEN

ALORS, ALLONS FAIRE LE COUP DE POING COMME AUTREFOIS !

D'AC-CORD, TAKA-YAMA ?!

...

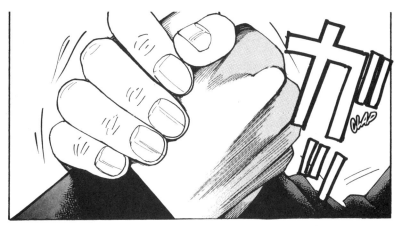

?!

CHEF...

...

ON S'EN TIRERA PAS SEULEMENT AVEC UN BLÂME

SI LE TUYAU DE CE VIEUX EST UNE FLÛTE...

ON N'AURA QU'À LIVRER SON CORPS, VOILÀ TOUT

SI TOUT ÇA C'EST DU PIPEAU...

...

NE TE BILE PAS POUR ÇA

41

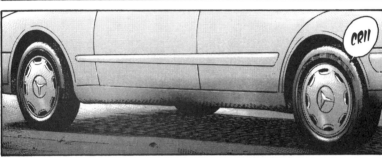

MOUAAH !!

HEIN ?

TCAC

MAIS C'EST CE BON TAKAYAMA DU CLAN ANJO

OOH !

SUZUKI...

SALUT

ALORS SI VOUS AVEZ BESOIN DE QUOI QUE CE SOIT, N'HÉSITEZ PAS À DEMANDER

ON PORTE LES MÊMES COULEURS

ALORS COMME ÇA, VOTRE PATRON S'EST ENVOLÉ ?

J'AI APPRIS LA NOU-VELLE

L'AFFAIRE A L'AIR SÉRIEUSE

ON A JUSTEMENT BESOIN DE TA COOPÉ-RATION

ÇA TOMBE BIEN

803

WHISPER

*Murmure

YEAARGH

D'APRÈS CE QUE TOUT LE MONDE RACONTE, TON PATRON A MIS LES VOILES AVEC UNE FILLE ET LA CAISSE, NON ?

JE TE L'AI DIT ! J'AI RIEN À VOIR LÀ-DEDANS...

PARCE QUE TU N'ES PAS HONNÊTE

EH BEN...

...

AAA AARGH !!

PAUVRE GARS...

C'EST VRAI QUE C'EST PAS LUI...

MAIS C'EST PAS MOI... MERDE !

ILS ONT VRAIMENT ENLEVÉ SUZUKI POUR LE TORTURER

S'IL NE SE TAILLE PAS TRÈS VITE, SON BATEAU VA PRENDRE LA FLOTTE ET IL VA SE FAIRE TUER

C'EST VRAI, ÇA

QU'EST-CE QU'IL FICHE ENCORE LÀ-BAS, LE PAPY ?

MÊME POUR LE PAPY

SE SORTIR DE LÀ VA PAS ÊTRE FACILE

...

ILS DEMANDENT TOUJOURS AU RENCARDEUR D'ÊTRE LÀ

QUAND ILS PASSENT QUELQU'UN "À LA QUESTION"

!

?!

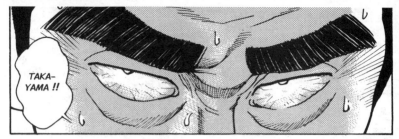

TAKA-YAMA !!

ARGH...

NOUS AUTRES, ON EST TOUJOURS PRÊTS À EN DÉCOUDRE !!

TE LA JOUE PAS, PETIT YAKUZA INTELLO

TU CROIS POUVOIR ME FAIRE ÇA...

!

ET T'EN SORTIR INDEMNE ?

...

MAIS BON... C'EST PAS DES YAKUZAS-COMPTABLES COMME VOUS QUI POURRAIENT NOUS TENIR TÊTE

PEUH

...

BIEN PARLÉ, TAKA-YAMA

LES CHINOIS ?!

OÙ SONT PASSÉS LES CHINOIS ?

POURQUOI EST-CE QU'ON ENLÈVERAIT VOTRE PATRON ?

MAIS D'ABORD...

SUZUKI

C'ÉTAIT DES COPAINS À TOI, NON ?

LA BANDE DES QUATRE QUI VIVAIENT AU 608

ILS ONT DISPARU IL Y A CINQ JOURS

N... NOUS AUSSI ON LES CHERCHE

C'EST VRAI, JE TE LE JURE !!

?!

QUELQU'UN A ENTENDU DIRE QUE...

TU T'ES MIS EN CHEVILLE AVEC CE GANG DE CASSEURS POUR T'EN PRENDRE À NOTRE COFFRE

?!

ILS VIENNENT FAIRE QUOI LÀ-DEDANS, AU FAIT ?

?!

CES TYPES SONT DE SIMPLES MEMBRES DU "SNAKE HEAD" AVEC QUI ONT FAIT AFFAIRE

UN GANG DE CASSEURS ?!

!

QU... QUOI ?!

...

ON SE CHARGE JUSTE DE TROUVER DU BOULOT ET DE QUOI SE LOGER SUR LE JAPON POUR LEURS CLANDESTINS

...

CES TYPES ONT TOUT SAUF LA TREMPE POUR FAIRE DANS LE CASSE !!

SÛREMENT PAS !

T'EN-TENDS ÇA, LE PAPY ?!

CE SERAIT PAS UNE BANDE DE CAMBRIOLEURS ?

...

C'EST CE VIEUX QUI VOUS A EMBOBINÉS ?!

?!

...

...

LE PAPY EST MAL BARRÉ

ÇA SENT LE ROUSSI !

ON T'ÉCOUTE, LE VIEUX !!

LE PAPY MANIPULE LES INFORMATIONS COMME UN CHEF

IL EST TEMPS D'ENVOYER UNE BARQUE À LA MER...

!

!

NON, ÇA VA ENCORE

LES SEULES CHOSES QUI EXISTENT SONT LES RUMEURS ET LES TUYAUX

LA VÉRITÉ N'EXISTE PAS À SHINJUKU, ET MÊME LES CADAVRES NE REFONT PAS SURFACE

DANS CE QUARTIER
CE SONT CEUX QU
POSSÈDENT LE PLU
D'INFORMATIONS QU
FONT LA "VÉRITÉ"

TU NOUS AS
MENÉS EN
BATEAU, LE
VIEUX !!

...

QUE VOUS VOUS ÊTES FAIT AVOIR CETTE FOIS

C'EST PARCE QUE VOUS CROYEZ SI FACILEMENT CE QUE RACONTE CET HOMME

ET LES SEULS À DEALER AVEC EUX DANS LE KANTO SONT AFFILIÉS AU RYUJINKAÏ

CE SONT LES CLANS DU KANSAÏ QUI TRAITENT DIRECTEMENT AVEC LE "SNAKE HEAD"

QUOI ?!

...

MAIS POURQUOI NE PAS FAIRE VENIR UN DE CES CLANDESTINS POUR PROUVER VOS DIRES ?

NOUS NE SOMMES PLUS À L'ÉPOQUE DE LA BULLE FINANCIÈRE ! COMBIEN DE CHINOIS SERAIENT ENCORE PRÊTS À VENIR TRAVAILLER CLANDESTINEMENT DANS UN PAYS EN CRISE COMME LE JAPON ?

ON S'EN OCCUPE AUSSI, NOUS

DES "SNAKE HEAD", IL Y EN A PLUSIEURS GROUPES

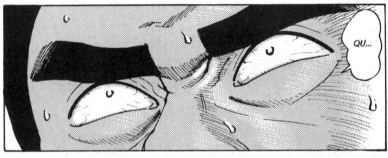

QU...

C'EST À DIRE QUE...

CE...

TU PEUX PROUVER CE QUE TU DIS OU PAS ?!

POURQUOI IL NE PEUT RIEN PROUVER, CE SUZUKI ?

IL S'EST BIEN REFAIT, LE PAPY !!

ALORS D'OÙ ILS SORTENT, CES CHINOIS ?!

QUOI ?! LUI AUSSI IL MENT ?!

PARCE QUE SON HISTOIRE DE "SNAKE HEAD", C'EST DU FLANC

VOILÀ POURQUOI IL Y AVAIT AUTANT DE MAGNÉ-TOSCOPES DANS CET APPART' !

CE SONT DE SIMPLES PETITES FRAPPES

SUZUKI LES UTILISE POUR FAIRE DES COPIES DE VIDÉOS ET LES DISTRIBUER

MAIS C'EST LE CLAN ANJO QUI A LE MONOPOLE DES VIDÉOS PIRATES SUR SHINJUKU, NON ?

L'AFFAIRE ÉTAIT TELLEMENT JUTEUSE QUE SUZUKI N'AURA PAS PU SE DÉCIDER À L'ABANDONNER COMPLÈTEMENT

SI... DONC POUR NE PAS SE FAIRE GRILLER PAR LE CLAN ANJO, SUZUKI UTILISAIT DES CHINOIS PLUS DIFFICILES À REPÉRER

BIEN VU...

BIEN EXPLOITÉE, CETTE FAIBLES-SE PERMET AU PAPY DE MONTER SON HISTOIRE

ET C'EST JUSTEMENT POUR ÇA QUE SUZUKI NE PEUT PAS AVOUER LA VÉRITÉ, CE QUI REND SON EXPLICATION BANCALE

EXAC-TEMENT

MAIS ÇA REVIENT CLAIREMENT À MARCHER SUR LES PLATES-BANDES D'ANJO

CE QUE RACONTE CE VIEILLARD EST FAUX !!

C'EST N'IMPORTE QUOI !!

! IL FAUT ME CROIRE

ET PUIS ON EST DES CAMARADES RALLIÉS AU MÊME BLASON, NON ?

CHEF

TE LAISSE PAS ROULER, TAKAYAMA !!

BAH OUI, ON EST COMME DES FRÈRES, QUOI !!

ON EST DES ALLIÉS DE VOTRE CLAN ANJO, NON ?!

"CAMARADES" ?!

QU...

DES "ALLIÉS" ?!

...

PUISQU'ON EN PARLE, IL PARAÎT QUE TU MÉDIS CARRÉMENT SUR LE CLAN ANJO DANS NOTRE DOS ?

J'AI FAIT MA PROPRE ENQUÊTE

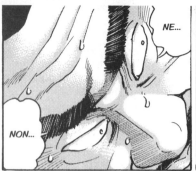

NE...

NON...

C'EST ÇA QUE TU APPELLES ÊTRE "ALLIÉS" ?

...

MAIS ENFIN...

ON DIT AUSSI QUE TU NOUS EN VEUX VRAIMENT D'AVOIR PRIS TON BUSINESS DE VIDÉOS PIRATES

ON... ON HABITE LA MÊME RÉSIDENCE !

J'IRAIS PAS FAIRE ÇA À MON PROPRE VOISIN !!

ET PARCE QUE TU N'AS AUCUNE CHANCE CONTRE NOUS EN FRONTAL

TU AS UTILISÉ DES CHINOIS POUR FAIRE TON SALE COUP EN DOUCE, C'EST PAS ÇA ?!

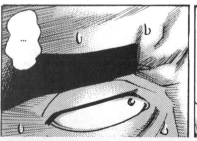

...

ET ÇA TU NE LE SUPPORTAIS PLUS, PAS VRAI ?

JUSTEMENT... TU DEVAIS FAIRE PROFIL BAS AVEC NOUS JUSQUE DANS TON PROPRE IMMEUBLE

BON ALLEZ, MAINTENANT ÇA SUFFIT !!

ON VOUS A LAISSÉ L'ACTIVITÉ DES VIDÉOS PAR PITIÉ POUR DES MEMBRES DU MÊME BLASON, PARCE QUE VOUS AUTRES QUI FAITES DANS LE VIOLENT NE PIGEZ STRICTEMENT RIEN AU PARTAGE DU BUSINESS !!

RÉPÈTE ÇA POUR VOIR ?!

...

MAIS DÉCIDÉMENT, VOUS N'AVEZ VRAIMENT RIEN DANS LE CRÂNE

66

J'AI ÉTÉ TROP LOIN TOUT À L'HEURE, JE LE RECONNAIS...

JE... JE T'EN PRIE

SUZUKI... JE ME DEMANDE COMMENT TOI TU PEUX JOUER LES YAKUZAS SANS CONNAÎTRE MÊME LE "D" DU MOT "DOULEUR"

C'EST QUELQUE CHOSE

JE TE JURE QUE JE SAIS VRAIMENT RIEN !

QUELLES PREUVES TU AS POUR ME FAIRE UN TRUC PAREIL ?

ET JE PEUX TE DIRE QUE RECEVOIR DE L'HUILE BOUILLANTE...

MOI, JE SUIS PASSÉ PAR DE NOMBREUX INTERROGATOIRES, ET J'AI GOÛTÉ À TOUTES LES DOULEURS...

ET VOUS AUTRES LES "INTELLECTUELS", VOUS N'AVEZ PAS BESOIN DE TATOUAGES

LES YAKUZAS N'ONT PAS BESOIN DE PREUVES

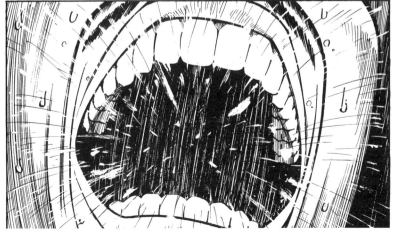

OOH

ÇA PUE !!

HUM ?!

...

...

ARGH...

MAIS PLUTÔT QU'À LA RAISON POUR LAQUELLE TU SUBIS CETTE DOULEUR

...

ÇA CHAUFFE, HEIN ?

SUZUKI

C'EST AU REVERS DES CHOSES QU'IL FAUT BIEN RÉFLÉCHIR

PLUTÔT QU'AU FAIT QU'ON VERSE DE L'HUILE SUR TOI...

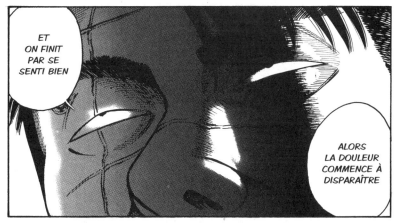

ET ON FINIT PAR SE SENTI BIEN

ALORS LA DOULEUR COMMENCE À DISPARAÎTRE

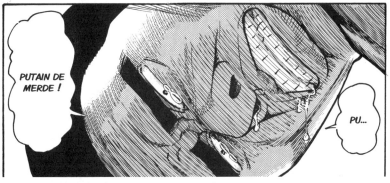

PUTAIN DE MERDE !

PU...

PAS ÇA,
NON !
ARRÊTE
!!

CE N'EST PAS
LA PEAU QUI
JUGULE LA
DOULEUR

IL NE
FAUT PAS
"ÉPROUVER"
LA DOULEUR,
TU COM-
PRENDS ?

...

IL FAUT LA
RÉFLÉCHIR

SPLASH

C'EST
LA TÊTE

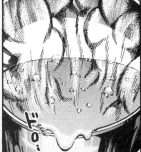

RAAAH !

... TOUS !!

JE VOUS
TUERAI
TOUS...

JE TE TUERAI...

SUZUKI

ENFIN UN PEU DE SINCÉRITÉ

TU ME LE PAIERAS... PUTAIN...

AAH...

OÙ EST LE PATRON ?

...

?

MÊME MOI, JE N'AI ENCORE JAMAIS GOÛTÉ À ÇA

!!!

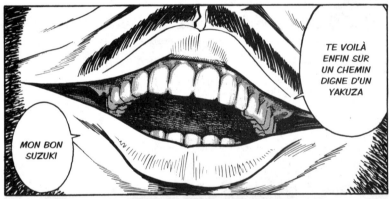

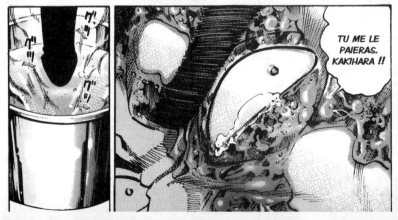

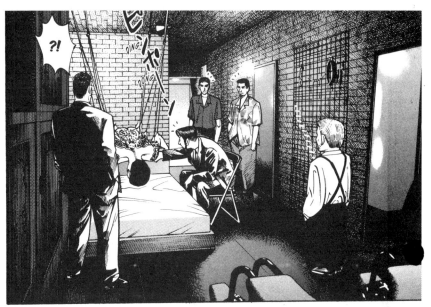

C'EST BIEN TAKAGI

...

OUAH !!

EST-CE QUE ÇA VA, CHEF ?!

FRAN- GIN...

CHEF !!

...

TU...

TUEZ- LES...

COMMENT T'AS PU FAIRE ÇA À NOTRE CHEF !! T'ES UN HOMME MORT !!

KAKI- HARA !!

BIEN CROUSTIL-LANT

ARRÊTEZ UN PEU DE VOUS LA RACONTER

VOUS EN FAITES DU BRUIT, LES PETITES FRAPPES

LE PETIT OISEAU DE VOTRE CHEF VA FINIR EN ROULEAU IMPÉRIAL

SI VOUS CONTINUEZ À VOUS AGITER

SUZUKI...

PU... PUTAIN DE TORDU...

AH...

MAIS QUI VOILÀ ? C'EST LE PATRON FUNAKI !

PA... PATRON...

KAKIHARA ?

EST-CE QUE TU RÉALISES BIEN CE QUE TU FAIS...

...

ET ON PEUT SAVOIR CE QU'A FAIT SUZUKI POUR MÉRITER ÇA ?

TOR-TURE

DE LA "TORTURE"

TÂCHE DE T'EXPLIQUER DE FAÇON CONVAINCANTE

TU PRÉTENDS QUE LA DISPARITION D'ANJO ET DE SON COFFRE EST L'ŒUVRE DE SUZUKI ?!

QUOI ?!

IL A ENLEVÉ NOTRE PATRON

C'EST LUI QUI EST DERRIÈRE ÇA

PUISQUE JE TE DIS QUE NON !

MAIS VOUS N'ÊTES VRAIMENT QU'UNE BANDE D'ÉCERVELÉS

VOTRE PATRON ÉTAIT PEUT-ÊTRE FIER DE VOUS...

HUMPF

ANJO S'EST BARRÉ AVEC LE FRIC, POINT BARRE

SUZUKI NE FERAIT JAMAIS UNE CHOSE AUSSI STUPIDE

ET VOUS TOUS, VOUS ÊTES TOMBÉS DANS LE PANNEAU

TON PATRON T'A TRAHI... IL S'EST ENFUI

MONSIEUR FUNAKI

JE TE DE- MANDE PARDON ?!

VOUS NE SERIEZ PAS DE MÈCHE AVEC SUZUKI, DES FOIS ?

C'EST QUOI, LE "JINGI"?

C'EST ÇA ?!

TU ES EN TRAIN DE DIRE QUE LA FAMILLE FUNAKI FERAIT DES CHOSES ÉCHAPPANT AU JINGI', COMME LE RAPT OU LE VOL ?

TE FOUS PAS DE MA GUEULE !!

'NdT : Litt. "Compassion et devoir", code d'honneur des yakuzas.

QUEL GENRE DE PREUVES TU AS POUR AVANCER ÇA ?!

SOUS LES ORDRES DONNÉS PAR SUZUKI

QUELQU'UN A ENTENDU DIRE QUE DES CHINOIS AVAIENT ENLEVÉ LE PATRON

DES PREUVES, IL N'Y EN A PAS...

PEUH

QUI A BALANCÉ UNE SALADE PAREILLE ?

QUI EST-CE ?!

N... NON, MAIS...

ET CETTE HISTOIRE

VOUS L'AVEZ GOBÉE ?!

CE PAPY ICI PRÉS...

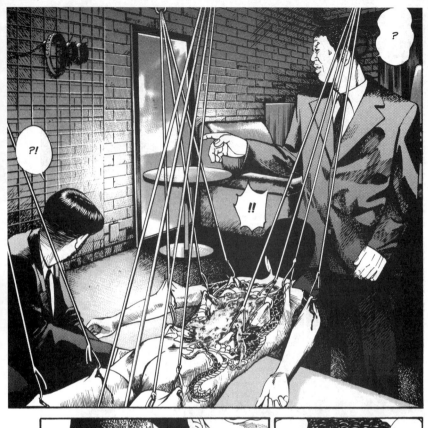

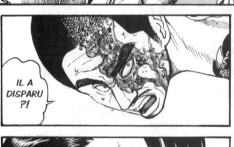

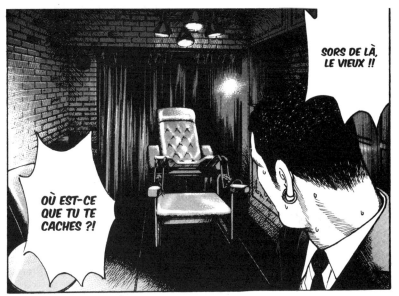

SORS DE LÀ, LE VIEUX !!

OÙ EST-CE QUE TU TE CACHES ?!

AH !!

LA VIEILLE ORDURE...

...

...

SALOPARD DE VIEUX

IL S'EST TIRÉ...

IL FAUT LE RETROUVER À TOUT PRIX !!

TU M'AS COMPRIS ?! IL DOIT ENCORE ÊTRE DANS LES PARAGES, ALORS MOBILISE-MOI TOUS LES JEUNES ET PASSE-MOI L'IMMEUBLE ET LES ALENTOURS AU PEIGNE FIN !!

VOUS COÛTERA CHER, TRÈS CHER

JE PEUX VOUS DIRE QUE TOUT ÇA...

ON DIRAIT QUE VOUS AVEZ COMMIS UNE TRÈS GRAVE ERREUR

...

CE VIEUX VOUS A EMBOBINÉS

JE TE L'AVAIS BIEN DIT

...

VOUS COMPRENEZ À QUEL POINT VOUS ÊTES DÉBILES, MAINTENANT ?!

?!

HUMPF

CE PAPY BLUFFAIT DONC VRAIMENT

"LOUCHE" ?!

...

JE ME DISAIS BIEN QU'IL ÉTAIT LOUCHE

!!

QUOI ?!

TU M'AS ACCROCHÉ EN L'AIR ET ARROSÉ D'HUILE BOUILLANTE POUR UN TUYAU QUE TU CROYAIS JUSTE À MOITIÉ ?!

SALE FILS DE PUTE !

ON PEUT DIRE ÇA, EN EFFET

DÉSOLÉ DE T'AVOIR ENTRAÎNÉ DANS MON PASSE-TEMPS FAVORI

DÉSOLÉ

KAKIHARA !

JE VAIS T'APPRENDRE À TE FOUTRE DE LA GUEULE DU MONDE !!

AH...

BAISSEZ VOTRE INSTRUMENT, S'IL VOUS PLAÎT

ESPÈCE DE...

TE MÊLE PAS DE ÇA, GAMIN !!

?!

RANGE TON SOUFFLANT, KANEKO

...

MAIS...

REMBALLE-LE, JE TE DIS

...

!!

PATRON FUNAKI...

ME DIS PAS QUE TOI ET LES AUTRES...

...

VOUS CROYEZ VOUS EN TIRER COMME ÇA ?

JOUER DU FLINGUE DANS CET IMMEUBLE N'EST PAS BIEN, VOUS SAVEZ ?

C'EST CONTRE LE RÈGLEMENT

TON PATRON NE PEUT PAS TIRER

PA-TRON...

BUTEZ-LE, S'IL VOUS PLAÎT...

QUOI ?

PARCE QUE S'IL PRESSE LA DÉTENTE, ÇA DÉCLENCHERA UNE LUTTE INTESTINE MÉMORABLE

...

ON VOUS AFFRONTE QUAND VOUS VOULEZ

SI VOUS VOULEZ FAIRE LA GUERRE AVEC LE CLAN ANJO, TIREZ DONC

VOUS N'ÊTES QU'UN INTELLO SANS TRIPES

MAIS C'EST VRAI QUE VOUS, FUNAKI

...

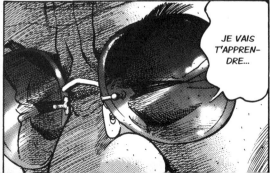

JE VAIS T'APPREN-DRE...

C'ÉTAIT PAS DE LA TARTE ! J'AI DÛ RAMPER TOUT LE LONG DES BALCONS

PFIOUU !

LE TIMING AVEC LEQUEL VOUS AVEZ PRÉVENU LA FAMILLE FUNAKI ÉTAIT PARFAIT

C'EST GRÂCE À VOUS

EN TOUT CAS, CHAPEAU POUR T'ÊTRE TIRÉ D'UN PÉTRIN PAREIL

ON A VRAIMENT FLIPPÉ, ICI

POURQUOI N'Y AURA-T-IL PAS DE GUERRE ENTRE YAKUZAS ?

N'EST-CE PAS ?!

LE "COMITÉ DE TRÊVE" ?!

C'EST QUOI, ÇA ?

À CAUSE DU COMITÉ DE TRÊVE DU KANTO

CONSISTE À INTERDIRE LES GUERRES INTESTINES DANS LA RÉGION

UNE SORTE DE SYNDICAT DE LA RÉGION DONT L'ORDONNANCE

À JUKU, LA PLUPART DES CONFLITS SE RÈGLENT EN HAUT PAR L'ARGENT À LEUR STADE PRIMAIRE

PEUT SE FAIRE EXCLURE IMMÉDIA-TEMENT

CELUI QUI DÉCLENCHE LA GUERRE

L'ARGENT, L'ARGENT, TOUJOURS L'ARGENT, HEIN ?

VRAI-MENT ?!

L'ARGENT NE POURRA PAS EFFACER TOUT ÇA

MAIS DANS LE CAS DE SUZUKI, LA HAINE SERA TENACE...

SUZUKI ?!

?!

LA HAINE...

QU'EST-CE QUE TU MIJOTES, PAPY ?

...

C'EST VRAI QUE SUBIR UN TRUC PAREIL

ÇA DOIT FRANCHEMENT DONNER ENVIE DE TUER

VOUS NE TROUVEZ PAS QUE ÇA CRÉE LÀ UNE "FAILLE" DE PREMIER CHOIX ?

107

110

OUAA
AA...

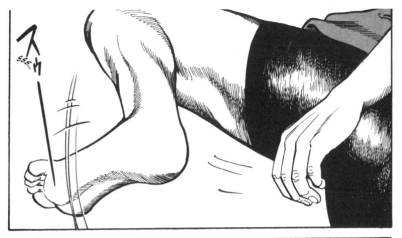

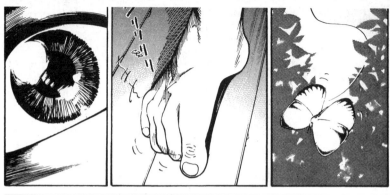

SHAA !

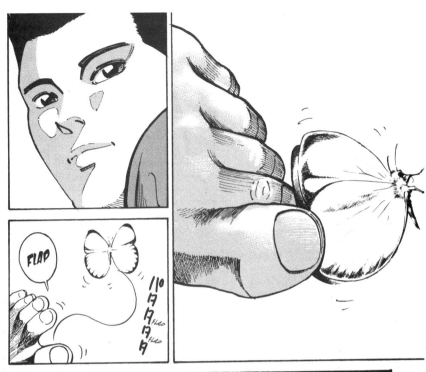

FLAP

...

ON T'A ENCORE PERSÉCUTÉ ?

NORIO...

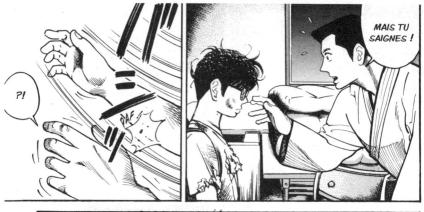

PARCE QUE J'AI DES LUNETTES ?

PARCE QUE MES CHEVEUX SONT BOUCLÉS ?

!

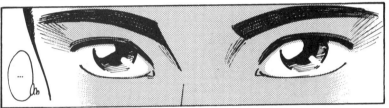

...

CES TYPES MARTYRISENT LES AUTRES PARCE QU'ILS ONT PEUR D'ÊTRE PERSÉCUTÉS

CE SONT DES LÂCHES

!

...

...

ON VOUS
MARTYRISAIT
AUSSI, ICHI ?

OUI...

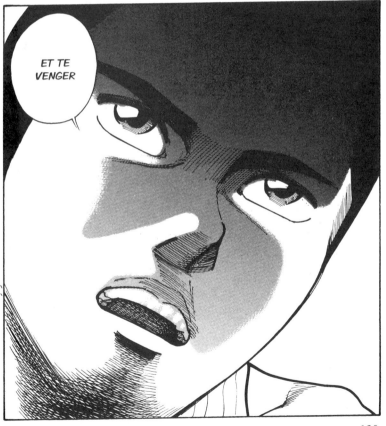

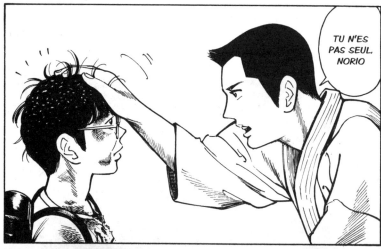

TU N'ES PAS SEUL, NORIO

D'AC-CORD

COURAGE !!

JE SUIS À TES CÔTÉS

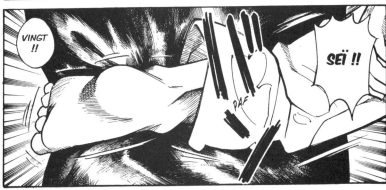

REGARDE LEURS PIEDS

DANS CE CAS-LÀ, COMMENT JE DOIS ME BATTRE ?

AUJOURD'HUI, ILS M'ONT ENCERCLÉ À TROIS POUR ME TAPER

LEURS PIEDS ?

ET ILS FERONT FORCÉMENT UN PAS, MÊME POUR UN COUP DE POING

C'EST FACILE DE SAVOIR QUI VA LANCER UN COUP DE PIED

EN REGARDANT LEURS PIEDS, TU PEUX SAVOIR LEQUEL VA ATTAQUER EN PREMIER, NON ?

POF

NON, IL NE FAUT PAS !!

MAIS PENDANT L'ENTRAÎNEMENT, LES INSTRUCTEURS DISENT QU'IL FAUT SE BATTRE EN REGARDANT LES YEUX DE L'ADVERSAIRE...

ET PUIS QUAND TU REGARDES EN BAS, TON MENTON EST RENTRÉ ET ÇA TE REND PLUS DIFFICILE À ABATTRE

NOUS, ON NE DOIT SURTOUT PAS REGARDER DANS LES YEUX

...

SI ON SE BAT EN REGARDANT L'AUTRE, ON PERD

MAIS L'AUTRE JOUR, VOUS AVEZ FIXÉ MÉCHAMMENT CE TYPE ET VOUS L'AVEZ EU QUAND MÊME !

!

ME BATTRE EN REGARDANT PAR TERRE...

MOI ÇA ME PLAÎT PAS

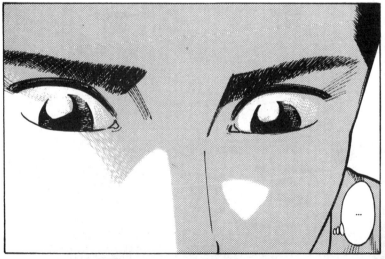

...

125

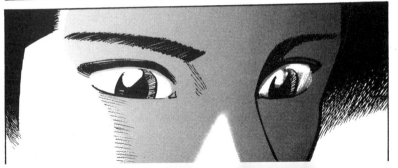

AH !!

SEÏYAH !

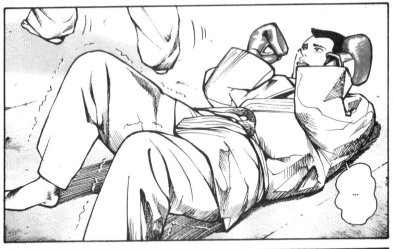

...

IL EST TOUJOURS AUSSI NASE !

HA HA HA...

HÉ HÉ...

IL FLIPPE CARRÉMENT, CE MEC

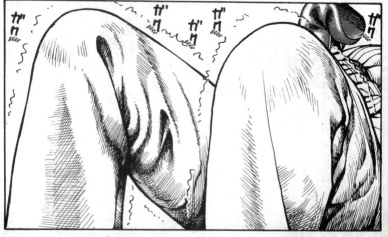

131

'NdT : "Pet-nin", probable jeu de mot entre le terme anglais "pet" (animal de compagnie) et "nin" qui peut désigner l'"humain" en japonais.

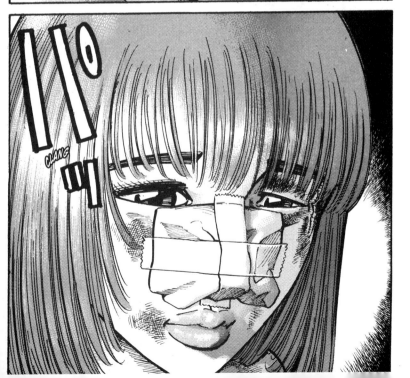

À TON NEZ ?

QU... QU'EST-CE QUI EST ARRIVÉ...

MON NEZ EST CASSÉ

AVEC UN CEN-DRIER EN VERRE...

ON M'A FRAPPÉE...

C'EST HORRI-BLE...

...

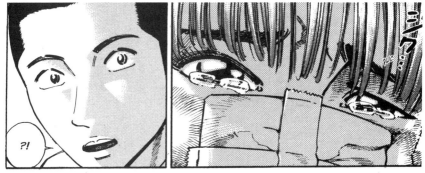

?!

EUH

AH

AH...
AH...

AH...

AH...

JE N'EN
PEUX
PLUS...

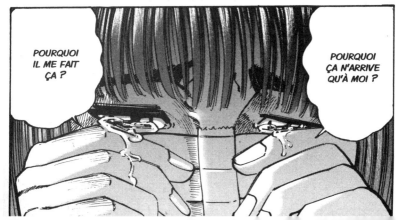

POURQUOI
IL ME FAIT
ÇA ?

POURQUOI
ÇA N'ARRIVE
QU'À MOI ?

PLEURER, C'EST S'AVOUER VAINCU

IL... IL NE FAUT PAS PLEURER...

AH... AH...

...

EST-CE QUE JE SUIS...

HAÏSSA-BLE À CE POINT ?

!

ICHI...

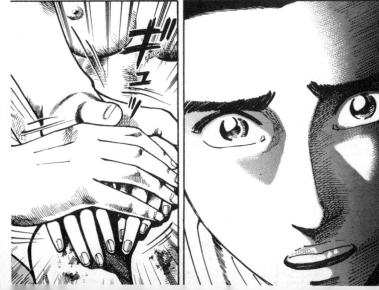

...

TU N'ES PAS SEULE, SARAH

ÇA VA ALLER

L'ARGENT POUR ME FAIRE SOIGNER

EN PLUS, IL M'A MÊME PRIS...

!

COMMENT JE VAIS FAIRE MAINTENANT, AVEC UN NEZ TORDU ?

J'EN AI ASSEZ DE CETTE VIOLENCE QUOTIDIENNE...

ATTENDS
UN PEU

!!

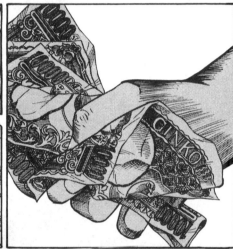

FAIS-TOI
SOIGNER
AVEC ÇA

HEIN ?

OUI...
DE L'ARGENT.
J'EN AI PLEIN

TU...

TU ES
SÛR ?

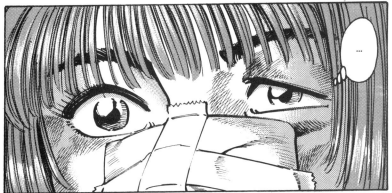

...

MERCI

JE...
T'EN
PRIE

...

!!

...

J'AURAIS TELLEMENT AIMÉ... ÊTRE AVEC QUELQU'UN DE GENTIL COMME TOI

LES HOMMES VIOLENTS SONT VRAIMENT MINABLES

IL ME POURSUIVRA ET ME RATTRAPERA PARTOUT OÙ QUE J'AILLE

J'AURAI BEAU ALLER AU BOUT DU MONDE

FUIR CET HOMME ET SA VIOLENCE

JE VOUDRAIS POUVOIR...

JE NE PEUX PAS !!

TU N'AS QU'À LE FAIRE

JE PRÉFÈRERAIS PLUTÔT...

J'AI TELLEMENT PEUR...

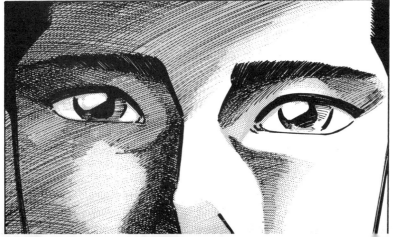

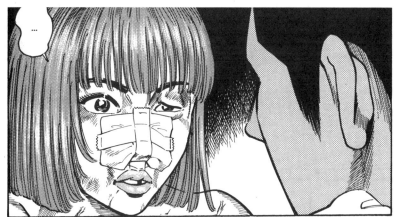

...

HUMPF ♥

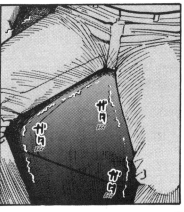

?!

...

JE VAIS LE TUER ET SOIGNER ENTIÈREMENT TES BLESSURES, SARAH

OUI

C'EST VRAI ?

TU LE TUERAIS POUR MOI, ICHI ?

MÊME POUR DE FAUX, C'EST GENTIL

HUMPF ♡

JE SUIS SÉRIEUX

NON

AH

ET PUIS...

ALORS UTILISER MA BOUCHE EST DIFFICILE...

JE NE PEUX PAS RESPIRER PAR LE NEZ

QU...

M...

MAIS...

DÉFENSE D'ENTRER

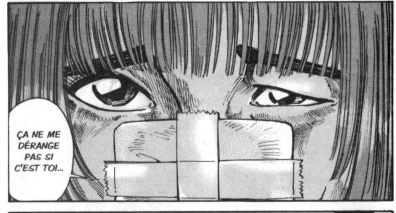

ÇA NE ME DÉRANGE PAS SI C'EST TOI...

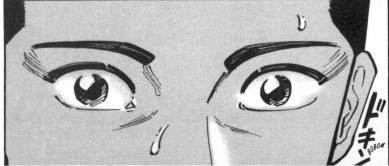

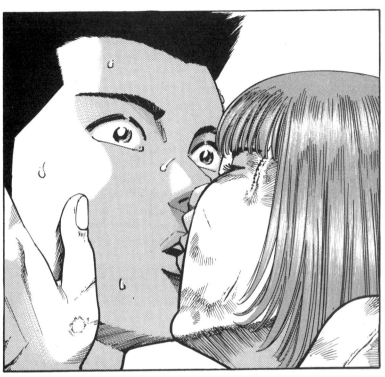

¹Pet-nin.

À DEMAIN

À DEMAIN !

BONNE NUIT

BONNE NUIT !

LE TUER CARRÉMENT

JE VOUDRAIS POUVOIR LE FUIR...

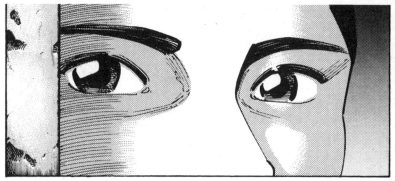

JE NE COMPRENDS PAS MOI NON PLUS...

...

HAA...

...

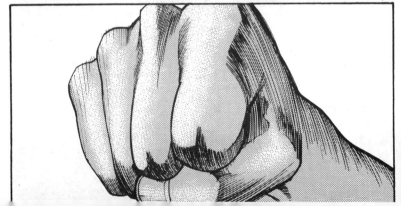

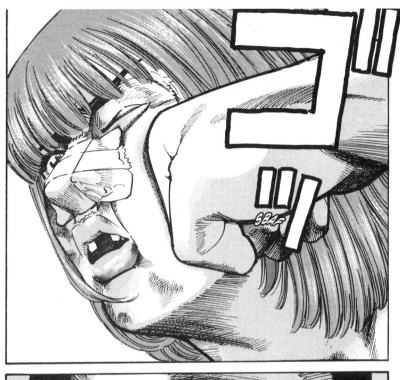

TU BOSSES VRAIMENT OU QUOI ?!

AH...

RÉPONDS-MOI !!

JUSTE TRENTE MILLE* ?! QU'EST-CE QUE T'AS FOUTU ?!

NON...

N...

*Environ 250 euros.

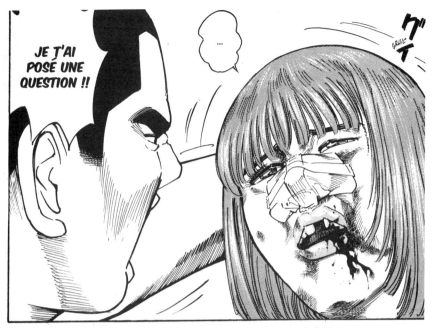

ESPÈCE DE SALE LAIDERON !!

TU SUCES DES BITES ET TU TE FAIS TRIPOTER LA CHATTE, MAIS T'ARRIVES À GAGNER QUE ÇA ?!

C'EST À CAUSE DE CE QUE TU M'AS FAIT QUE PERSONNE NE ME CHOISIT !!

JE M'EN VAIS T'APPRENDRE...

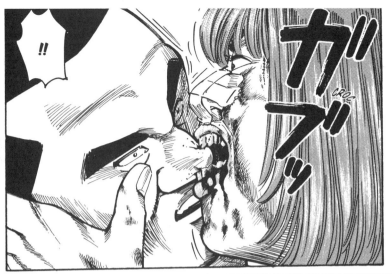

!!

ガブッ

CROÇ

LÂCHE-MOI,
CONNASSE !

...

RAAH !!

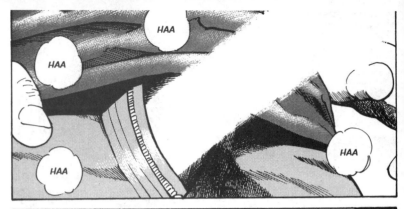

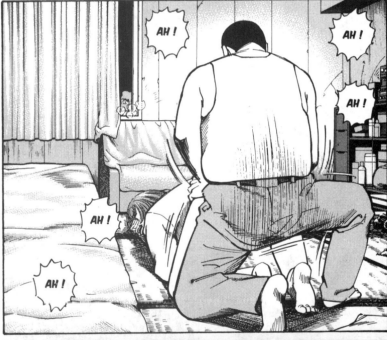

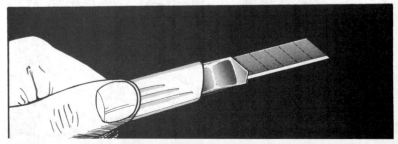

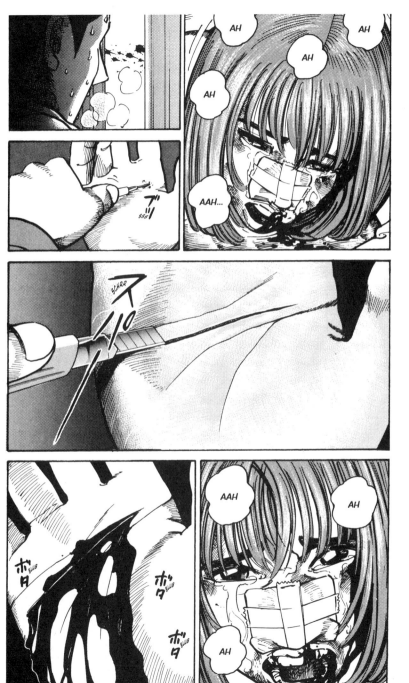

173

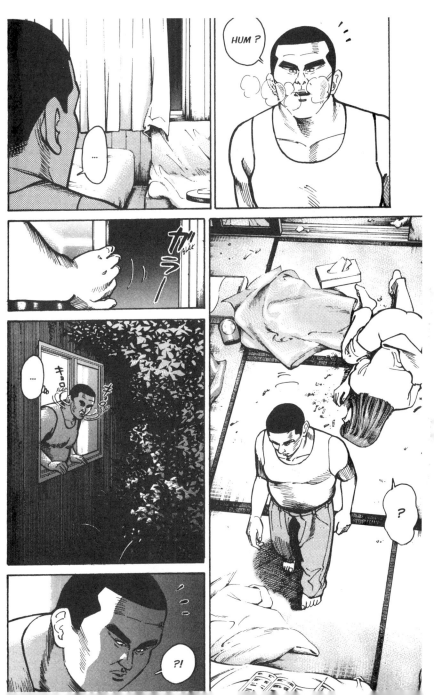

177

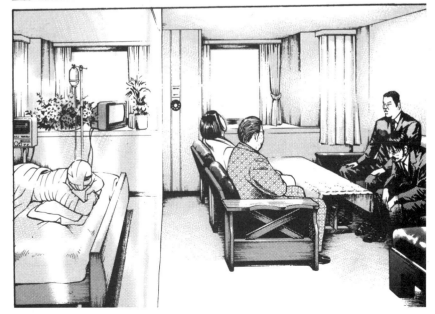

GRR... GRR...

QU'EST-CE QUI VOUS PREND DE VOUS DÉCHIRER ENTRE "PARENTS" ?!

ET PUIS VOUS PRENDRE LE BEC ENSEMBLE, C'EST COMME MONTRER À TOUS QU'ON N'EST PAS UNIS... ÇA NUIT À L'ASSISE ET À LA RÉPUTATION DE NOTRE CLAN

SI JAMAIS VOUS DÉCLENCHEZ UNE GUERRE À SHINJUKU, LES FLICS VONT NOUS COLLER AUX BASQUES ET LES AFFAIRES VONT ÊTRE DIFFICILES À FAIRE TOURNER

LE COMITÉ DE TRÊVE DU KANTO NE VOUS LAISSERA PAS FAIRE

PAR DESSUS LE MARCHÉ

LE COMITÉ M'EN A DÉJÀ TOUCHÉ UN MOT

IL PARAÎT QUE TU AS DÉFOURAILLÉ DANS LA RÉSIDENCE ?

OUI

FU- NAKI...

C'EST QUE KAKIHARA ÉTAIT EN TRAIN DE TORTURER SUZUKI...

PRÉSI- DENT...

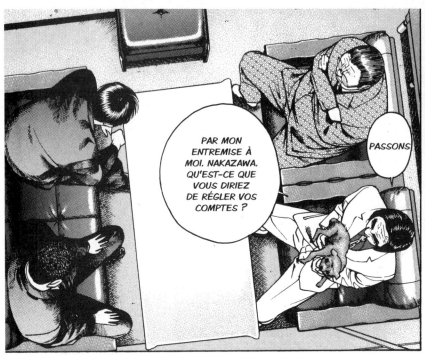

PAR MON ENTREMISE À MOI, NAKAZAWA, QU'EST-CE QUE VOUS DIRIEZ DE RÉGLER VOS COMPTES ?

PASSONS

PFIOU

...

OUI

KAKI-HARA

MA FOI...

SI C'EST VOTRE SOUHAIT, PRÉSIDENT...

ET TOUTE LA FAUTE TE REVIENT !!

J'AI ENTENDU PAS MAL DE CHOSES SUR L'ÉPISODE EN QUESTION...

...

TU NE CROIS PAS AVOIR UN PEU ABUSÉ ?

SIMPLEMENT PARCE QU'UN VIEILLARD T'AVAIT BALADÉ

TU AS MIS SUZUKI DANS CET ÉTAT SANS AUCUNE PREUVE

...

...

KAKI-HARA ?

HUM ?

ET PAR DESSUS TOUT, JE NE TIENS PAS À VOUS CAUSER PLUS DE TORT, PRÉSIDENT

BON... JE SAIS BIEN QUE DE SON CÔTÉ, CERTAINS ÉVÉNEMENTS ONT PU LUI FAIRE PERDRE LA TÊTE

JE TE PROPOSE DE SOLDER CETTE HISTOIRE AVEC DEUX FOIS DIX MILLIONS¹, KAKIHARA

EN COMPTANT LE PRÉJUDICE PLUS LES FRAIS HOSPITALIER DE SUZUKI

¹Environ 83 000 euros.

DE NOTRE CÔTÉ...

PERSONNE N'A PARLÉ DE SOLDER QUOI QUE ÇA SOIT...

...

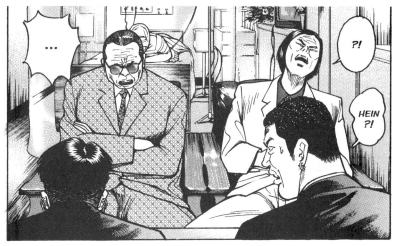

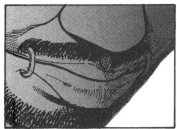

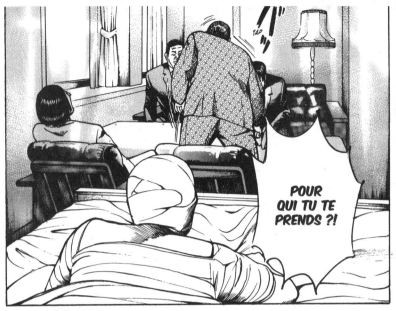

POUR QUI TU TE PRENDS ?!

ESPÈCE DE SALE PETIT...

TU T'ES ASSEZ MOQUÉ DU MONDE COMME ÇA

KAKI-HARA...

TU AS L'INTENTION DE TOUT ENVOYER PROMENER ET DE TE METTRE LA FAMILLE MÈRE À DOS ?

ALORS QUE MOI, TOSHIYUKI NAKAZAWA, J'AI PROPOSÉ LA MÉDIATION...

ET C'EST L'EXCLUSION QUI T'ATTEND...

CONTINUE DE ME SALIR LA FACE...

...

...

LE PRÉSIDENT A PARLÉ

LAISSEZ-LE NOUS

VOUS AVEZ TOUJOURS LE BUSINESS DES VIDÉOS

RÉGLER ÇA PAR L'ARGENT EST UNE CHOSE, MAIS NOTRE COFFRE EST VIDE COMME VOUS LE SAVEZ

DE L'ARGENT, ON N'EN A PAS

TU N'AS DONC PAS L'INTENTION DE DÉBOURSER UN SOU...

SALOPARD...

SI ON LA PERD, NOS MEMBRES CRÈVERONT DE FAIM ET NOUS N'AURONS MÊME PLUS DE QUOI PAYER NOTRE CONTRIBUTION À LA FAMILLE MÈRE

C'EST NOTRE UNIQUE SOURCE DE REVENU IMPORTANTE

TU CROIS POUVOIR T'EN TIRER EN Y LAISSANT JUSTE UN DOIGT OU DEUX ?!

KAKIHARA, SALE BÂTARD !

À NOTRE ÉPOQUE, UN DOIGT COUPÉ NE VAUT PLUS TRIPETTE

HOULÀ... ARRÊTE UN PEU ÇA, TU VEUX ?

ET ÇA N'EST PAS LE GENRE DE FAUTE QUI S'ACQUITTE AVEC UNE PHALANGE

C'EST VRAI

PLUS AUCUNE FEMME NE VOUDRA DE MOI

TU AS FRIT MON TATOUAGE ET MON VISAGE...

...

QUEL EST LE RAPPORT ?

CE QUI EST SUCRÉ ?!

?!

MOI, J'ADORE TOUT CE QUI EST SUCRÉ...

TU TE FOUS DE NOTRE GUEULE ?!

RENONCER AUX CHOSES SUCRÉES ?!

HEIN ?!

EN GUISE D'EXCUSES, JE PROPOSE DE RENONCER AUX CHOSES SUCRÉES

KAKI-HARA !

ET LA PARTIE QUI CAPTE LE SUCRÉ SE TROUVE PRÉCISÉMENT AU BOUT DE LA LANGUE

LA LANGUE HUMAINE PERÇOIT LES DIFFÉRENTS GOÛTS SUR DES PARTIES DISTINCTES

TU...
TU NE VAS
QUAND
MÊME
PAS...

...

LE BOUT
DE LA
LANGUE
?!

J'AI DE
LA CHANCE,
NOUS SOMMES
DANS UN
HÔPITAL

TCHAC!

SNIK

TAKAYAMA,
JE TE
CHARGE
D'APPELER
UNE INFIR-
MIÈRE DANS
LES DIX
MINUTES

VOUS...
VOUS ÊTES
SÉRIEUX,
CHEF ?

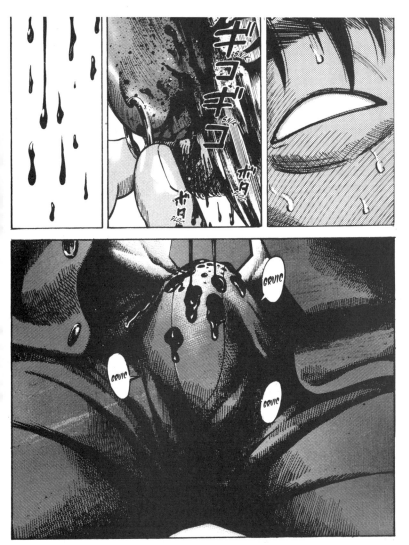

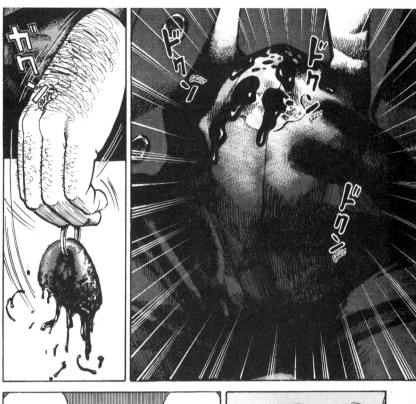

IL S'EST VRAIMENT COUPÉ LA LANGUE...

QUEL TYPE...

EST-CE QUE ÇA VA, CHEF ?!

...

?!

CETTE FOIS TU AS PIGÉ, SUZUKI ?

C'EST LE CERVEAU

C'EST PAS LA PEAU QUI JUGULE LA DOULEUR...

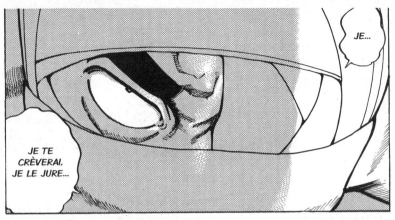

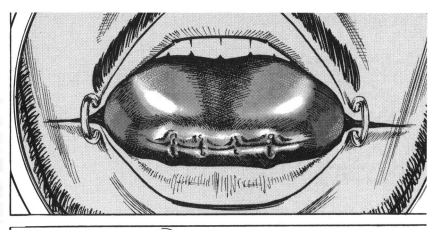

RAMENEZ-LES MOI VIVANTS

ILS DOIVENT FORCÉMENT SE PLANQUER QUELQUE PART DANS JUKU

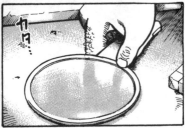

S'IL N'ÉTAIT PAS AU PARFUM, IL N'AURAIT JAMAIS PU SE POINTER AVEC UN BATEAU AUSSI BIEN MONTÉ

AUCUN DOUTE QUE LE PAPY SAIT OÙ EST LE PATRON

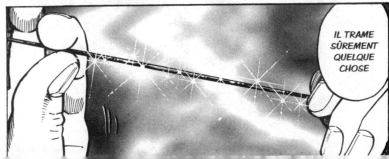

IL TRAME SÛREMENT QUELQUE CHOSE

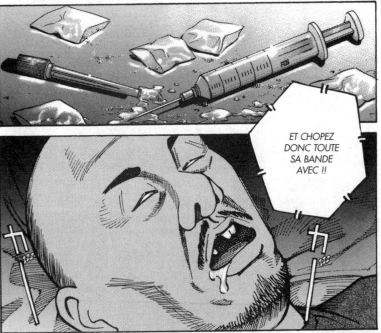

BEURK

J'AI PERDU ÇA GRÂCE À LUI

HEIN ?! TU T'ES FAIT ROULER PAR CE PÉPÉ ?!

ÇA J'EN DOUTE

JE VAIS LE TROUVER POUR LE CUISINER COMME IL FAUT

SA BANDE DE PARIAS N'EST PAS REVENUE ICI DEPUIS ?

ÇA M'ÉTONNE-RAIT QU'IL RÉAPPARAISSE AUSSI FACILEMENT

IL T'A MIS EN PÉTARD

MAIS C'ÉTAIT JUSTE LA DEUXIÈME OU LA TROISIÈME FOIS QU'ILS VENAIENT

DU TOUT

CES TYPES TRANSPORTAIENT DE LA CAME AVEC EUX

MAIS J'Y PENSE

CE PAPY, IL AVAIT DÉJÀ QUELQUE CHOSE EN TÊTE À CE MOMENT-LÀ

HUM

?!

TU POURRAIS COMMENCER PAR LA PISTE DE L'HÉROÏNE

DU COUP, LES RÉSEAUX ET LES PERSONNES EN RAPPORT AVEC L'HÉRO SONT ÉTONNAMMENT LIMITÉS, MÊME À KABUKICHO

CONTRAIREMENT AUX DROGUES QUI TE FONT "MONTER", L'HÉROÏNE N'A PAS BEAUCOUP DE SUCCÈS AU JAPON PARCE QU'ELLE FAIT "DESCENDRE"

?!

TU TE SOUVIENS DE CE CHAUVE ASSIS LE PLUS À DROITE L'AUTRE JOUR ?

CELUI QUI AVAIT L'AIR AILLEURS ?

OUI, LUI. EH BIEN, IL A CARRÉMENT UNE TÊTE À SE TAPER DE L'HÉRO

[ICHI THE KILLER] VOL.2 • FIN

ICHI THE KILLER

Volume 2

D1669197

KOROSHIYA ICHI Vol. 2 by Hideo YAMAMOTO
© 1998 Hideo YAMAMOTO
All rights reserved
Original Japanese edition published in 1998 by Shogakukan Inc., Tokyo
French translation rights arranged with Shogakukan Inc.
through The Kashima Agency for Japan Foreign-Rights Centre

Édition française : © 2011, Éditions Tonkam
6, cité Paradis – 75010 Paris
Site internet : www.editions-tonkam.fr
E-mail : ecrivez-nous@tonkam.com

Traduction et adaptation : Laurent Latrille
Lettrage et maquette : Éditions Tonkam

1ʳᵉ édition française : mai 2011

Achevé d'imprimer en Italie en avril 2011
sur les presses de l'imprimerie ⚞ Grafica Veneta - Trebaseleghe (Padova)
Dépôt légal : mai 2011

ISBN vol. original : 978-4-09-151513-4
ISBN : 978-2-7595-0542-5